처음보다 나중이 좋았더라

처음보다 나중이 좋았더라

시인의 말___아직은 진행형

날마다 나의 중요한 일과 가운데 하나는 잠을 청하기 전에 컴퓨터를 열고 시집 원고를 다시 살피는 일이다. 어쩌면 이것이 이 세상 마지막 날이지 싶어서 그렇게 한다. 하나의 버릇이고 그것이 또 나의 시 쓰기 습관이다.

그렇게 또다시 한 권의 시집 원고가 모였다. 그런데 이번에는 천년의시작에서 시집을 내주겠단다. 시 한 편 한 편이 횡재인데 이것은 더욱 큰 횡재다. 이 시편들이 세상으로 나가 사람들과 어떻게 조우할지는 나도 모르는 일이다.

늘 여기까지가 나의 소임이다. 그리고는 돌아서서 섭섭해하고 감사한 마음을 또한 잊지 않는다. 이런 마음들이 모이고 쌓여 나의 일생이 되었다. 그것이 아직은 진행형. 그래서 다시 고맙다.

공주 금학동에서
나태주

차 례

시인의 말

제1부 아제아제

제1부 ___ 아제아제

처음보다 나중이 좋았더라

퇴원

살아줘서 고맙습니다.

피안

강 건너 저편 언덕
꽃이 새로 피어나는지

꽃나무 아래 누군가
이쪽을 생각하는지

또다시 구름이 술렁이네
바람에 향기가 묻어오네

그 실은 한 번도
만난 적 없는 당신.

작은 생각

홀로 있든지
여럿이 있든지
바닷가 파도 소리
곁에 있든지
산골 나무 아래 있든지

내가 기쁜 생각을 하면
지구가 금세 발갛게
등불 하나 켜들고 마주 나오고
우주도 발그레
웃음 지으며 손을 내민다

언제든 내가
세계의 중심이고
우주의 가슴이라는 생각
비록 작지만 말이다
이것은 참 좋은 생각이다.

아제아제

날마다 날마다
우리들 하루하루는
눈물과 한숨과 땀방울
절름발이의 언덕

언덕 너머 들판 넘어
강물을 건너
갑시다 갑시다
어서 갑시다

저 너머 흰 구름
꽃으로 피어나는 곳
꽃 보러 갑시다
미소 보러 갑시다

아닙니다 우리가
꽃이 되러 갑시다
미소 되러 갑시다
어서 같이 갑시다.

화엄

꽃 장엄이란 말
가슴이 벅찹니다

꽃송이 하나하나가
세상이요 우주라지요

아, 아, 아,
그만 가슴이 열려

나도 한 송이 꽃으로 팡!
터지고 싶습니다.

빈자리

누군가 아름답게
비워둔 자리
누군가 깨끗하게
남겨둔 자리

그 자리에 앉을 때
나도 향기가 되고
고운 새소리 되고
꽃이 됩니다

나도 누군가에게
아름답고 깨끗하게
비워둔 자리이고 싶습니다.

잠시

낙타의 주둥이가 닿을 만큼
높이의 몸통에 새싹을 내밀고
그 주변에 가시 울을 쳐놓는
이른바 낙타나무

가시 울 속에 돋아난 새싹을
꺼내어 먹기 위해 주둥이에
피를 흘려야 한다는 낙타

과연 당신과 나 어느 쪽이
낙타였고 낙타나무였을까?
서산의 천리포수목원 동쪽 언덕
낙타나무를 보면서 잠시.

천등

우리 어진이에게도 새엄마 생기게 해주세요!

칠십 넘어 처음 찾아간 대만이란 나라
쓰펀(十分)이란 시골 마을 관광지
협괴열차 기적을 울리며 지나가는
철로 위에서 올리던 천등

그것은 커다란 붉은 비닐 주머니의 네 면에
네 사람이 한 가지씩 소원을 적고
열기구를 만들어 하늘로 띄우는 거였는데
나는 거기에 남이 보든 말든 그렇게
써서 하늘로 날려 보냈던 것

우리 어진이에게도 새엄마 생기게 해주세요!
그것이 평생 마음의 못인 줄
나는 그때 처음 확인하게 되었다

한국의 아이

오토바이 천국 대만의 타이베이 시
웬 오토바이 파는 가게가 이렇게 많을까?
이것은 일흔 살 먹은 내가 한 말

이모, 왜 이렇게
오토바이 고치는 집이 많아요?
이것은 다섯 살 한국의 아이가 했다는 말

그렇다면 일흔 살이나 다섯 살이나
한국의 아이인 것은 같은 셈이다.

모래

언젠가는 산이었고 바위였던 것들
인간의 발자국이었고 한숨이었고 땀방울이었던 것들
하나하나 모여 모래가 되고 모래밭 되고
사막을 이루었다

이제는 너무 많은 산
너무 많은 발자국
너무 많은 한숨과 땀방울
드디어 누군가의 뼛조각들까지
눈먼 시간을 보탠다

너무 무거워 모로 기울어지는 지평선
무너지는 건장한 어깨와 허리
지구도 잠시 여기 와서는 몸을 부리고
쉬었다 가고 싶어 한다.

먼 길

가까운 길 두고 멀리 돌아왔으니 먼 길 아닌가!
쉽게 올 시간을 두고 오래
망설이다 왔으니 그 또한 먼 길 아닌가!

가죽신에 피와 눈물과
땀방울을 질척이며 오갔을 길

누구라도 그 길을
쉽사리 오갔을까 보냐
하마터면 나 또한 오지 못할 뻔했던 길

이제라도 왔으니 얼마나 다행인가
이제라도 살아서 오고
죽지 않고 돌아가니 얼마나 다행인가

발밑에 버석이는 모래알들이 인사를 한다
친구야 반갑다 반가워
우리 다음에 또다시 만나.

그래서 왔다

무심히 그냥 해질 무렵
모래 지평선을 바라보고 싶어서 왔다
서쪽으로 사라지는 황혼을 보며
울먹이고 싶어서 왔다

말없이 그냥 모래 바닥에
드러눕고 싶어서 왔다
해가 진 뒤에도 오래토록
따스한 모래 바닥의 온기
지구의 등허리가 이렇게
부드럽고도 따스할 줄이야!

하늘 가득한 하늘의 눈물
소름끼치도록 맑고도 깊고도 푸른 눈물
그렁그렁 쏟아질 듯 하늘의 눈망울이여
그 별들을 가슴에 품으러 왔다
비행기 타고 자동차 타고
낙타 등에 기대어 왔다.

사막 1

하고 싶은 말들이 너무 많아
여기 버린다

토막말 하나하나 부서져
모래가 된다

가슴속 말들이 조금 더
줄었기를 바란다.

낙타

사람처럼
침을 뱉을 줄도 아는
네발짐승

사람처럼
무릎 꿇고 기도할 줄도 아는
네발짐승

그러나 사람을 등에
태우면서 생애를
시작하고 마감하는
모래밭 성자

오늘은 내가 문득
그대에게 무릎 꿇고
경배드리고 싶다.

낙타가 운다 1

천천히 껌벅거리는 커다란 눈망울에
조금씩 물기가 돌더니 눈물이 고이더니
끝내는 굵고도 맑은 눈물방울이
주르르 흘러내리는 것이었다

제 새끼한테 젖꼭지 물리기를
한사코 거부하던 어미 낙타
여러 차례 새끼를 들이대주어도
매몰차게 발길질만 하던 어미 낙타

어린 아기 기르는 젊은 여인네
다가가 부드러운 손길로 목덜미를 쓸며
청아한 구음으로 구슬리고
악사가 구슬픈 마두금 연주를 들려주자
어미 낙타의 떠나간 마음이 조금씩
돌아오기 시작하는 것이었다

다시 새끼 낙타를 끌고 가 젖을 물리자
잠자코 젖꼭지를 허락하는 어미 낙타
젊은 여인의 구음은 이어지고
마두금 연주도 이어지고

어미 낙타의 눈에서 눈물은 흐르고
바라보고 있던 사람들 눈에서도
눈물이 흐르는 것이었다

노래가 끝나고 연주가 끝나자
새끼를 데리고 모래벌판으로
천천히 걸어 들어가는 어미 낙타
몇 가닥 죽은 풀들만 손짓하는
사막이 문득 정겨워지는 것이었다.

어린 낙타 1

마음속에 낙타 한 마리
살고 있었네
어리고도 순한 낙타
세상물정 모르고
오직 세상한테
사랑받기만을 꿈꾸던 낙타

쉽사리 세상한테
사랑받을 수 없었네
타박타박 걸으며 걸으며
어른 낙타가 되었고
늙은 낙타가 되었네

가도 가도 목마른 날들
팍팍한 발걸음
세상은 또 하나의 사막
어디에도 쉴 만한 그늘은 없고
주저앉을 의자 하나
마련되어 있지 않았네
오늘도 늙은 낙타 사막을 가네
물 없는 길 사랑 없는 길

세상한테 사랑받고 싶은 마음 하나
세상 속으로 길 떠나네
사막의 길 걷고 또 걷네

어린 낙타 2

날마다 네 마음속
어린 낙타 한 마리를 깨워
길을 떠나라
아직은 어린 낙타이니
그의 등에 올라타지는 말고
옆에 서서 함께 걸어라
낙타가 걸으면 걷고
낙타가 쉬면 쉬고
낙타가 바라보는 곳을
따라서 바라볼 일이다
때로는 낙타가 뜯어먹는
낙타 풀도 먹어야 하겠지만
부디 입술이나 잇몸에서
피가 나지 않도록 조심해라
네 마음속 어린 낙타 한 마리가
너의 스승이며 이웃이며
처음이자 마지막
길동무임을 잊지 말아라.

눈인사

친구야 안녕!
끝내 커다란 눈이
껌벅이지도 않는다

참 오랜만이야
그래도 친구는 여전히
들은 척도 하지 않는다

내 몸이 조금씩 낙타의
눈 속으로 들어간다
사라지기 시작한다

멀리 신기루가 떴다
서늘한 바람이 불고
오아시스가 나타난다

높고도 푸른 하늘
그대로 보석이고
또 눈물이다.

모래 지평선

만날 일 없으니
다툴 일 없겠고

다툴 일 없으니
화해할 일 없겠다

화해할 일 없으니
좋을 일도 없겠지!

면도칼로 쓱벅 자른 듯한
모래흙의 저 어여쁜 엉덩이

기억 한 자락을 잘라 나도
그 어름에 던질까 그런다.

포옹

시집가 늦어서 몸이 쬐꼬매진 여자 하나
이제는 스스럼없이 품속으로 들어와 안긴다
여자의 등 너머로 해가 지고 있다
까칠한 잡목림 사이로 질펀한 주황빛 노을
어디선가 허밍버드 소리가 들리는 것 같다
모래벌판 위에 웬 벌새의 소리일까?
그것은 휘리릭 휘리릭 귓가를 후리며 가는
모래바람의 채찍
여자의 몸이 조금씩 출렁이기 시작한다
여자를 대신하여 낙타가 소리 내어 울어준다
여자는 속으로 흐느낄 뿐 소리를 내어 울지 못한다
드디어 여자는 내 가슴속에 녹아들어
질펀한 소금 바다가 된다.

사막 2

왜 그리도 이곳에 나는
오고만 싶었던 걸까?
어려서 어려서
외할머니한테 업혀서 살 때
언덕 위에 꼬작집 서향집
날마다 해 지는 저녁이면
붉게 물드는 하늘 그 너머로
그리운 마음 가고픈 마음
집 찾아가는 새의 날개에
실어 보냈던 곳이 바로
이것이 아니었을까?
몸살을 앓을 때마다 번번이
열에 들떠 헛소리하며
바라보던 주황빛 풍경
보일 듯 말 듯 그곳이 바로
이곳이 아니었을까?

사막 3

처음엔 들판을 뛰어다니던 것들
아침 이슬 속에 빛나는 웃음이었던 것들
더구나 인간의 안쓰러운 사랑이었던 것들

모두가 무너져 평등하게 누워 있다
그럼,
그럼,
그럼,
고개 끄덕이고 있다.

사막을 꿈꾸다

그대, 인생이 지루한가?
그렇다면 사막을 꿈꾸라
이내 인생이 싱싱해질 것이다

그대, 하루하루가 답답한가?
그렇다면 사막을 가슴에 품으라
이내 가슴이 열릴 것이다

그대, 마음이 슬픈가?
그렇다면 사막을 오래 그리워하라
이내 마음은 보랏빛으로 물들 것이다.

서안에서

대륙은 역시 대륙
한결같이 서정이 아닌
서사로 다가왔다

고구마 줄기를 잡아당기면
따라 나오는 고구마덩이들처럼
떠오르는 이백이나 두보나 왕유,
소동파의 문장들

한사코 그들은
아무 말도 하지 말라, 떠나라고
햇빛과 바람을 시켜
내 입을 틀어막았다.

고비사막

가도 가도
햇빛과 바람과 모래
관광버스로 견디는
다섯 시간 분량의 따분함

언제 다시
성한 다리로 걸어서
내 가슴으로 숨을 쉬면서
이곳에 돌아올 수 있으랴

가도 가도 곧은 길
천산산맥이 줄창 따라붙는 길
그 길에서 끝내 나는
눈을 감을 수가 없었다

그렇게 다시 한 번
이승의 고비를 넘겨야 했다.

명사산 낙타

나는 한 마리
늙고 병든 낙타
그래도 웃으며
세상 길 떠난다

이유가 있다면 오직
살아서 아직도
숨 쉬고 있다는 것!

모래흙에 발이 빠지고
모래바람 숨이 막혀도.

모래바람

명사산에서부터 따라붙은 가늘고도 고운 모래알들
막곡굴에 이르러 키 큰 백양나무 눈부신 가지
아득한 햇빛으로 반짝이면서
마른 바다 물결 소리로 우거져 있더니

천 년도 넘는 그림이며 부처님들 어렵사리 뵙고
밖으로 다시 나왔을 때 눈부신 백양나무
높은 가지 끝 햇빛으로 다시 부서져
반짝여주고 있었다

너는 바람이다 너는 햇빛이다
너는 가늘고도 빛나는 그저 한 알 모래일 뿐이다
백양나무들은 사람들이 날라다 주는 물을 마시며
그렇게도 오랜 세월 하늘을 가리는 나무로 자라고 있었다.

월아천

사람 눈썹 초승달 모양을 닮았다는
사막 가운데의 어여쁜 호수
그 오아시스를 보러 온 것이 아니다

얼음산에서 내려왔다는 차갑고도
맑은 호수 물에 손을
씻기 위해서 온 것도 아니다

다만 그 옆 고운 모래밭에
한 번쯤 누워보고 싶어서 온 것이다
누워서 하늘을 보고 싶어서 온 것이다

정말로 모래밭에 반듯이 누워
모래를 만져보았을 때 모래는 너무나도
부드럽고 가늘고도 따스하기까지 해서

내 내장을 내가 만지는 듯
정겹고도 섬뜩한 느낌이었다.

사막 4

풀과 나무와 사람들 마을까지
우거진 산이었다가
풀들만 더부룩이
자라는 산이었다가

풀들도 사라지고
그냥 바위산이었다가
조금씩 바위산도 낮아지기
시작하다가

끝내는 모래 산이다가
그마저도 사라지고
모래밭의 연속이다가
한참 다시 그러다가

양관쯤에 이르러서는
아득하기만 한 지평선
아무것도 없는 곳의
먼지와 바람
고도 제로 생명 제로

고혈압인 내 혈압도
저혈압으로 떨어진다.

사막 무덤

아버지, 살아서 목마르고 힘들고
땀에 찌든 아버지
모래밭에 묻어드려요

그곳 세상에서는 부디
목마르지도 말고 힘들지도 말고
땀에 찌들지도 마세요

언젠가는 저희도 그 옆으로
돌아갈 거예요
어머니 옆에 묻어드려요.

황하

남의 나라 어머니
남의 나라 말을 하는
사람들의 어머니

아, 나도 입을 벌려 문득
어머니, 어머니,
불러보고 싶었다.

황하 대석림

그들의 그림이나 글
허장성세
때로는 황당무계

행만리로行萬里路 독만권서讀萬卷書
비로소 그 허장성세가
실감으로 다가왔던 것이다.

음마대협곡

조랑말 몰고 가는
마부가 아닌 것과
사람을 태우고 가는
조랑말이 아닌 것을
먼저 감사하고

기독교 신자라면서
이다음 세상이 있다면
제발

조랑말 몰고 가는
마부로 태어나지 않기를
마부한테 채찍 맞으며
자갈길 가는 조랑말로
태어나지 않기를 기도해본다.

돈황 막고굴

『조선의 예술』을 쓴 지한파 일본인 야나기 무네요시
동양 삼국 예술의 특성이 중국은 볼륨에 있고
한국은 라인에 있고
일본은 칼라에 있다고 주장한 그

만약 돈황 막고굴의 부처와 그림을 보았다면
거기에는 볼륨과 라인과 칼라가
모두 있었노라 말했을지도 모른다는 생각

─실지로 그가
돈황 막고굴을 보았는지 안 보았는지는
모르지만 말이다.

사막 5

버리고 싶어 그곳에 갔었다
성가신 그리움과
너에게로 가서
돌아오지 않는 마음

그러나 정작 버리고 싶었던 것들은
버리지 못하고 오히려
햇빛과 바람과 모래만
한 짐씩 데리고 왔다

아니다 그들이 자발적으로 따라왔다
따라온 모래와 바람과 햇빛
밤마다 저들끼리 먼저 일어나
부석대곤 한다

짐이 늘어나서
더욱 성가시게 되었다.

해답

천적을 피해 사막으로 숨어들어 갔다가
더 무서운 천적을 만난 낙타
인간에게 붙잡혀 길들여지고
평생을 고생하며 산다는 낙타

오로지 인간을 위해 봉사하며
희생당하며 산다는
착한 짐승이여
미안하다 미안하다

나는 지금 어떤 천적한테 붙잡혀
세상에서 이 고생을 하면서 살아가고 있는 거냐?
아무래도 해답을 낙타가 알고 있겠지 싶다.

목이 마르다

보고 싶다는 말은 그립다는 말
그리움은 삶의 양식이자 소망
얼마나 이 모래를 보고 싶었던가!
어쩌면 나도 한두 알
모래였는지 몰라
커다란 바위산이 부서져
작은 알갱이가 되기까지
그 길고도 지루한 순간들의 연속
어디쯤에 내가 있었을 거다

—다시금 목이 마르다.

고행

낙타 타고 명사산 모래 산, 모래 먼지 산
삐딱하게 비탈길로 올라갔다가 내려오는 길
내 차례가 되어온 낙타는 병들고 늙은 낙타
올라타기는 했는데 앙상한 낙타 등
뼈마디에 엉덩이가 찔려 안절부절
왜 이런 낙타가 내 차지로 왔을까?
불평해보았지만 어쩔 수 없는 일
낙타 등의 쇠 손잡이 왼손으로 잡고
오른손으론 철컥철컥 사진을 찍는 꼴이라니!
해 저물녘 서러운 그늘이 드리워지기 시작하는
사막의 풍경은 눈물겹도록 아름다워
이런 땐 아름다움조차 고통이 된다
늙고 병든 낙타 등에 얹혀서
명사산에 올라갔다 내려오는 한 시간은
고통의 시간, 고행의 연속이었다.

비단길

하루 종일 할 일 없이
앉아 있는 날
누군가 신발 끄는 소리
들려라

삽작삽작 조심스레
신발을 끌며
이리로 오는 소리

오너라 내 마음속의 길
꽃이 피어 얼룩진 길
새가 울어 출렁이는
비단길을 따라서 오너라

너를 기다려 나
맨발로 종일을
문밖에 나와 서 있으마.

사막 6

너와 내가
부둥켜안고 살다가
모래가 되고

드디어
모래바람이 되어
다시 일어서야 하는 땅

너도 사라지고
나도 사라지고 없는
바로 그 어디쯤.

낙타가 운다 2

명사산 해거름녘 낙타가 운다
하루에도 몇 차례 모래 비탈길
사람을 등에 싣고 비틀거리며
가도 가도 제자리 고달픈 노역

새끼 낙타 두고 온 어미 낙탈까?
불은 젖에 새끼가 생각나설까?
해 어스름 구슬피 우는 그 소리
강물 되어 모래 산을 타고 넘는다.

사막 7

먼지와 바람과 햇빛과 모래뿐인
사막,
사막을 다녀와서

세상이 먼지와 바람과 햇빛과 모래뿐인
사막이란 걸
새삼스레 알게 되었다

아니다, 내가 먼저
먼지와 바람과 햇빛과 모래뿐인
사막이란 걸 알았다

공부 치고서는
비싼 공부를 한 셈이다.

여행길에

당신은 내게서
무슨 말이 듣고 싶은지요?

반갑습니다
고맙습니다

나는 또 당신에게
무슨 말을 하고 싶을까요?

사랑합니다
보고 싶었습니다.

문학 강연

오늘도 나의 걸음은
아장걸음

큰 가방 들고
큰 모자 쓰고
중학생처럼
세상 속으로 들어간다

초등학생처럼
유치원생처럼
세상 속으로 떠나간다

아니 아니다
세상의 온갖 꽃들
눈물들 만나러 간다.

석포리

아이들 없어
숨죽이고만 있던
담장 안 담장 밖

아이들 학교에서
돌아오자 와자지껄
새들의 울음
쏟아지듯

와르르 아이들 소리
한꺼번에 쏟아져
꽃으로 피어난다
담장 안 담장 밖

봉숭아
채송화
맨드라미
제멋대로.

연어

불행하게도 나는
살아 있는 연어를 보고 말았다

오직 죽기만을 일념으로
몸 빛깔을 바꾸고
주둥이 모양까지 바꾸고
먹기를 거부하면서
상처투성이로
고향의 물로 돌아온 연어를
만나고야 말았다

무엇이 저들을 한사코
고향의 물로 돌아오게 하고
결연하게 하고
끝내 거기서 죽도록 하는가?

물은 차갑고도 맑았다
그러나 내 가슴은 아직도 충분히 뜨겁고
나의 피는 혼탁할 뿐이다
나의 시 나의 사랑은 숭고함이나
희생과는 거리가 멀다

오직 이기적인 목숨과 사랑
그리고 나의 시
차라리 연어의 회향 의식을
확인하지 않았으면 좋았을 걸 그랬다

이제 와서 나의 시가 맑고
향기로운 시라고 우기기는 어렵게 됐다
연어회를 편안한 맘으로
먹기 또한 틀렸다

불행하게도 나는 비행기 타고
태평양 건너 캐나다의 개울가에서
연어, 그 눈물겨운 물고기들을
만나고야 말았다.

두 개의 시간

여기는 아침
해가 뜨고
새들이 울어요
하루를 시작하자고
먹이를 찾으러 가자고

거기는 저녁
해가 저물고
새들이 돌아와요
하루를 잘 살았다고
먹이를 찾았다고

지구는 하나인데
태양도 하나인데
두 개의 시간
두 개의 마음

나는 네가 보고 싶단다
저도 보고 싶어요.

이국 소녀

다만 눈으로 말하고
눈으로 웃고
눈으로 인사한다

안녕!
맑고도 푸른 두 눈
산속에 오직 깊은 호수

낯설지만 멀지 않고
새롭지만 두렵지 않다.

비파나무

왜 여기 서 있느냐
묻지 마세요
왜 잎이 푸르고
꽃을 피웠느냐
따지지 마세요

당신이 오기 기다려
여기 서 있고
당신 생각하느라
꽃을 피웠을 뿐이에요.

플라멩코

눈길이 자주 가네
한번 간 눈길이
돌아오지 않으려 하네

함께 춤추고
노래하고
흐느끼네

유독 노랑 옷을 입은
한 처녀 아이
앳되고도 새하얀 얼굴
방긋방긋 잘도 웃는 얼굴

멀리서도 눈에 띄네
멀리서도 너는 잘 보이는
노란 꽃 민들레

어느 세상 우리가 같이 살아
누이였더냐
내가 좋아 따랐던
처녀였더냐.

마드리드행

끝없는 오렌지
올리브 들판
그라나다에서
마드리드 가는
따분한 6시간
버스 여행

창밖에 푸른
구름 한 점 없는
오직 푸른 하늘
눈부신 햇살

드문드문 연둣빛
노랑으로 물드는
미루나무 키 큰
백양나무 수풀

살아서 내가 다시 살아서
이렇게 먼 곳까지 와
너를 생각한다
너를 보고 싶어 한다.

스페인 광장

남의 나라
벤치에 앉아서
멍하니 바라보는
저녁노을이며 분수

분수는 황금빛
노을 속에 부서지고
나도 또한 황금빛
분수 속에 부서지는데

피보다도 진한 시간이여
부질없이 화사한 인생이여
살다 보니 이렇게
좋은 날도 있었구나.

• 세비야 스페인 광장 저녁노을 속에서 나는 나의 시 「풀꽃」을 아는 한
  국의 두 아가씨를 만나기도 했다.

태산목

저건 고무나무?
아니야
저건 태산목
영어로는 매그놀리아

젊어서 한때 전주
풍남문 근처에서 처음 보고
신기해하기도 했던 나무

스페인 세비야 스페인 광장
둘러보고 나오는 길에
만난 태산목은
수령이 이백 년

사람의 아름으로는
안을 수 없는 크기의 밑둥
가까이서 카메라로는
담을 수도 없는 높이

벌어진 입이 쉽게 닫아지지 않네
돌아보며 뒤돌아보며
발길이 쉽게 멀어지지 않네.

풀잎과 나무

시인은 풀잎
더러는 나무
될수록 부드럽게 공손히
기다리고 있으면
이슬이 와서 맺히고
바람이 와서
흔들어준다

네 앞에서는
나도 풀잎
아니면 나무
두 손 모아 고요히
기다리고 있으면
네가 이슬로
나의 풀잎에 맺히고
바람 되어 나의 나무를
흔들어준다

나예요
나라니까요……

황금 팔찌

다른 여자 가지고는 안 돼요
오직 여왕님이어야만 돼요
여왕님이 내 곁에 있어야만 하고
나는 또 여왕님만 바라보고 있어야 해요
안 되는 소원인 줄 알고 황금 팔찌를 주고 가셨군요
그것도 깜박 졸고 있는 사이 가슴에 놓고 가셨군요
그래도 여왕님이 주신 거니 여왕님이거니 믿을래요
오직 여왕님이어야 하는 마음
모두 모아 한 줌의 불로, 재로 바꾸어
황금 팔찌 속으로 사라지고 말 거예요
여왕님 고마워요
다음 세상 있으면 우리 또 만나요.

누군가

누군가 보고 있다
걱정스러운 표정

누군가 울고 있다
일그러진 얼굴

누군가 웃고 있다
꽃 한 송이 들고

누군가 기도하고 있다
곱게 모은 두 손

바로 당신
그것은 나.

축복

처음보다는
나중이 좋았더라

좋았어도
아주 많이 좋았더라

날마다 너의 날들도
그러기를 바란다.

겨울 장미

너를 사랑하고 나서
누구를 다시 더 사랑한다
그러겠느냐

조금은 과하게 사랑함을
나무라지 말아라
피하지 말아다오

하나밖에 없는 것이
정말로 사랑이라
그러지 않았더냐.

여행의 끝

겨우 일주일
열흘 사이
손이 많이 험해지고
손톱이 많이 자라났다

집에 돌아와
여러 번 손을 씻고
자라난 손톱을 자를 때
여행은 비로소 끝이 난다.

누나

나는 지금도
유럽에 가서도 없는 유럽을
꿈꾸며 살고 있다

그 유럽은 도대체
어디에 있는 걸까?
그 설렘
첫눈 오는 날 즈음의 시린 손
서리 맞아 시들다 만 꽃송이

지금도 나는
예쁜 털실 장갑을 떠주는
누나가 한 사람 있었으면
좋겠다 하면서 산다.

너는 어쩔래

꽃 보고 싶어 하는 마음
가을에도 죽지 않아서
단풍을 보고 꽃이라 부르고

너 보고 싶어 하는 마음
겨울에도 시들지 않아서
나무 위에 내린 눈
눈을 보고서도
꽃이라 부르고 싶어 한다

너는 어쩔래!

* 이 작품은 앞의 시집 『한들한들』에 실린 시 「국화」를 개작한 작품임.

터미널 1

한 사람이 두 사람으로
나뉘어져 걸어간다
어머니와 딸
어머니와 아들

한 사람이 세 사람으로
나뉘어져 걸어온다
어머니와 두 딸
어머니와 두 아들
어머니와 아들과 딸

어머니는 세상에서
가장 크고도 아름다운 이름
때로 우리는 우리가 한때
어머니의 일부분이었다는 사실을
잊고서 산다.

터미널 2

낯선 남자 노인이
낯선 아이를 보고 웃는다
아이도 따라서 웃는다
할아버지와 손자인가 보다

낯선 여자 노인이
낯선 아이의 손을 잡는다
아이도 스스럼없이 손을 잡는다
할머니와 손자인가 보다

세상에서 이보다 더
아름다운 그림은 없다.

보름달

초승달, 아기였는데
어느새 엄마에요

아기에게 젖을 물리고
환하게 웃는 엄마

보세요 달님이 밤하늘에게
젖을 주고 있어요

밤하늘도 눈썹 내리깔고
쌔근쌔근 잠이 들었어요.

받들어 모신다

서울 상일여고 교문 건너편
치킨 가게 앞
보석 하나
겨울비에 젖고 있다
주워보니 십 원짜리 동전
뒤집어보니 국보 제20호
송구스러워라 두 손에
받들어 모신다.

제2부 ___ 미안한 세상

처음보다 나중이 좋았더라

어진이 수준

우리 손자 어진이 세 살 때
전화 걸면 저의 할머니한테 곧잘
영어로 굿나잇, 하고 인사를 건넸다

그걸 들어두었다가 요즘은
아내가 나더러 가끔 인사를
굿나잇 하면서 한다

그런데 문제는 아침 시간
아파트 엘리베이터를 타고 나갈 때에도 여전히
굿나잇 하면서 인사를 하는 아내한테 있다
아니다 아무렇지도 않은 척
받아주면서 손 흔들어주는 나한테 있다

우리는 둘이서 그렇게
세 살짜리 어진이 수준이다.

눈 1

왜 눈이 오는 날만
네 생각이 나는지 몰라

눈이 너라고 생각하는 것일까?
눈이 너의 마음이라고 여겨지는 것일까?

멀리서부터 오신 손님
와서는 오래 머물지도 않고 떠나는 사람

가끔 안경알 위에 내려 녹아서
눈물이 되기도 하는 하늘의 마음

그렇잖아도 어젯밤에는
네 꿈을 꾸기도 했단다.

눈 2

밤사이가 아니다
차 한 잔 비우는 사이
눈은 산을 지우고
길을 지운다

눈이여
새하얀 눈이여
내 마음도 그렇게
지워줄 수 없겠니?

지워진 터전 위에
붉고도 어여쁜
동백꽃 한 송이
미리 좀 피우려 그런다.

은이랑

1
살면서 가장
괴로운 일이 무언지 아니?
뭔데요?
보고 싶은 사람
보지 못하는 거.

2
왜 이 차가 돌아가지?
아차, 여긴 돌아가는 길이지
때로는 인생도 로터리.

옛집

옛날에 살던 집, 옛집
옛집은 보이지 않는다
더 이상 세상에는 없는 집
그러나 가끔씩 보인다
혼자일 때
외로울 때
몸이 아프고 정신이 맑을 때

좁은 마당에 감나무 두 그루.

거울

거울을 볼 때마다
내가 자꾸만 사라지고
아버지가 자꾸만 나타난다

그것도 키가 작고 덩치도 작은
또 다른 어떤 아버지.

우리 어머니

내가 힘들 때
가장 마음 아파하는 사람
누구일까요?
어머니 어머니 우리 어머니

내가 좋았을 때
나보다 더 좋아하는 사람
누구일까요?
어머니 어머니 우리 어머니

세상 사람들 모두가
나를 버리고 돌아설 때도
오직 한 사람 내 편을 들어주시고
나를 모른다 하지 않으실 분

그러지 말아라
저한테 그러지 말아라
나를 위해 울어주시는
세상에서 오직 한 분

어머니 어머니 같이 가요

이 세상 목숨 있는 날까지
어머니 가슴에 묻고
우리 같이 가요.

아버지

방 안 구석에 장롱짝
있는 듯 없는 듯 있지만
당장 치워지고 나면
서운하고 아쉽듯이

아버지는
살아 계실 때보다는
돌아가신 다음에 더욱
그립고 생각나는 이름

어찌할까요? 아버지
이럴 때 아버지 같았으면
어찌하셨을까요?

마음속으로 물으면
조용히 해답을 주시는 입
기쁜 일 좋은 일보다는
힘든 일 슬픈 일에 생각나는 얼굴.

비

비는 민주주의다 평등주의다
운동장에서 공놀이하는 아이들을 모두
교실 안으로 불러들이고
점심 식사하러 가는 직장인들에게 일제히
우산을 씌운다
남자 한 사람 여자 한 사람
우산이 하나밖에 없다면
그 남자와 여자를 한 개의
우산 밑에 머리를 모으게 한다
화평주의다 비는 박애주의다.

고등어 산다

맨드라미 피어서 붉은
9월도 초순의 저녁 무렵
제민천 따라서 자전거 타고
하루해도 기울어 집에 가다가
간고등어 안동 간고등어
네 손에 만 원 외치는 소리
자전거 내려서 고등어 산다

집에 사가지고 가보았자
먹을 입도 없는데 무엇을
이런 거 사왔느냐 집사람
핀잔하고 외면할지 몰라도
어려서 외할머니 밥상에서
수저에 얹어주시던 고등어
생각이 나서 문득 고등어 산다.

가을 양산

가을볕 받아
양산 받고 나온 아낙
개울가 돌다리 건너는 맨발

늙었어도 예쁘다
양산 위에 새겨진 붉은 꽃
가을이라 더 예쁘다.

장조림

언감생심 어린 시절엔
가까이 할 수 없었다
아예 그런 음식이
있는 줄도 알지 못했다

나이 들어 조금씩 가까워졌다
어쩌면 남의 집 밥상이나
한정식 식단 머리에서
처음 만났을지도 모르는 일

도시락 반찬으로 제격이었다
밥맛이 없을 때
두어 덩어리만 가져도
밥사발 한 그릇이 뚝딱 가벼웠다

입안에 넣고 씹으면
남의 살이지만 오돌오돌 고소한 맛
돼지에게 소에게 미안한 일이다만
짤깃한 육질의 감촉

어차피 우리네 목숨은

다른 목숨의 희생 위에 서는
허무한 사탑이 아니던가!
힘내어 좋은 일하며 살아야겠다.

울지 마라 아내여

나 돌아가는 날 울지 마라 아내여
나를 위해 너무 서럽게는 울지 마라
차라리 그대 남은 날들을 위하여 울어라

깜냥대로 지구 여행 잘 마치고 떠나는 길
좋았다 모두 좋았다 그럴 수는 없겠지만
그런 대로 좋았음을 서로가 감사해야지

나 지구 떠나는 날 아내여 흐느끼지 마라
차라리 예쁜 노래를 들려주고 기도해주고
빠이빠이 손 흔들어 오랫동안 인사해다오.

아내를 위하여

1
그대를 꽃이라 부르면
그대도 꽃이 되고
나도 따라서 꽃이 된다

이거 하나 알기에도
우리에게는 칠십 년 시린
강물이 있어야 했다.

2
잠이 오려고 한다
편안한 마음

기다려주는 사람
누군가 있다

아내와 함께라면 어디나
그곳이 집이다.

시인 김광섭

젊어서 청운의 뜻을 품었지만
끝내 구름을 잡지 못하고
늙어서 아내 잃고 병을 얻어
시 쓰는 사람으로 돌아왔다
사람들은 그에게서 어린아이를 보았다
해맑은 모습 천진한 웃음을 보았다
돌아간 뒤 생의 부스러기처럼
몇 편의 시가 떨어져 있었다
사람들은 그를 시인이라 불렀다.

막차

시간버스에서 내려 종점
종점에서도 또 오름
골목길 끝에 너의 집이 있었다
너는 집에 없었고 마당에
꽃들이 많이 피어 있었다
너 대신 꽃을 보다가 그만 해가 저물었다
어쩔 수 없이 돌아가야 하는 길
나는 지금 막차를 기다리고 있는 중
어디로 갈 것인가?
차를 타고 그냥 떠나는 거다
바깥 풍경이 어둡고 차가 멈추는 곳에서
나는 차에서 내릴 것이다
과연 나는 하루를 헛되이 보낸 것인가!

밤

이제는 쉬어라
몸을 눕히고
마음도 눕히고

보이지 않는 숨결로
감싸주시는
어머니 어머니

오로지 좋은 영혼의
안식과 육신의 치유는
당신으로부터 온다.

춤

드높은 산을 만들고
그 위에 허공
눈송이를 그려 넣더니

끝내는 얼음 언
강물을 던져놓고
글쎄 그것도 맨발로

강물을 밟으며 자꾸만
이쪽으로 다가오고 있으니
가슴이 덜컹했지 뭐냐.

어린이날에

엄마 없는 우리 어진이
올해로 만 나이 다섯 살
엄마 없이도 삼 년이나
씩씩하게 자라준 우리 어진이

같이 놀아줄 할머니 있어서 좋겠다
일요일이면 기다려주는 외할머니 있어서
좋겠다
멀리서 바라보고 웃어주는
할아버지 외할아버지 있어서 좋겠다

누구보다도 날마다 목욕시켜주고
옷 갈아입혀 주고 뽀뽀해주고
같이 잠을 자주는
아빠가 있어서 좋겠다.

혼자서 중얼거리네

햇빛이 너무 밝아
얘기해주고 싶은데
아무도 없네

전화 걸 만한 사람
생각해봐도 잘
떠오르지 않네

겨우 한 사람 이름 찾아내
전화를 걸었지만
그 말은 하지 못했네

햇빛이 너무 밝아
딴 나라에 온 것 같구나
혼자서 중얼거리네.

물끄러미

흰 구름이 자꾸만
키를 높여가는
하늘 아래

염소 한 마리 고삐 매여
풀을 뜯고 있는
풀밭 위에

살그머니 다가가
몸을 눕혀본다
마음도 눕혀본다

나는 흰 구름을 바라보는데
염소는 풀을 뜯다 말고
나를 바라본다

물끄러미
서로.

천국의 사람

하나님은 나를 살려주셨다
이 세상에서 천국을 보고 오라고
죽음의 문턱에서
돌려보내 주셨다

지금 내가 보고 있는 모든 것들이
천국의 세상
내 앞에서 웃고 있는 네가
천국의 사람이고
너의 목소리가 천국의 음성
천국의 음악이다.

농부

곡식만 남기고
풀을 뽑는
기쁨을 아는 사람

곡식이 자라며
고맙다 인사하는 소리
들을 줄 아는 사람.

볼펜

여기저기다 놓고 다니고
바꿔 쓰고 잊어버리고

가끔은 남의 것을
나도 모르게 슬쩍
집어오기도 한다

요즘 내 마음.

루치아의 뜰

오래 묵은 시간이
먼저 와서 기다리는 집

백 년쯤 뒤에
다시 찾아와도 반갑게
맞아줄 것 같은 집

세상 사람들
너무 알까 겁난다.

부모 노릇

막아주고
참아주고
그보다 더 어렵기론
기다려주는 마음.

글 쓰는 사람

좋은 책 사는 데 돈 아끼지 않고
좋은 사람 만나는 일에
거리를 두려워하지 말아야 한다.

미안한 세상

방 안에 앉아서
제주도의 물을 마신다
제주도의 바람이 만든 물
돌들이 길어 올린 물
제주도의 아낙네들이
지악스레 지켜낸 물
그 귀한 물을 슈퍼마켓에서
돈 몇 푼 안 주고 사다가
방 안에서 편안히 마신다.

노인 병원

어머니 지금 어디 계시나요?
병원에서 기저귀 차고 계셔요
어렸을 때 찼던 기저귀 다시
찬다는 그 말이 가슴 아프다.

미운 사람

내 평생의 질병은
사람을 보고 싶어 하는 마음
비로소 당신이 그 병을
고쳐주었구려.

아침 식탁

밤이 가고 아침이 오는 것
그보다 더 좋은 일은 없다

하루가 잘 저물고 저녁이 오는 것
그보다 더 다행스런 일은 없다

앞에 앉아 웃으며 밥을 먹어주는 한 사람
이보다 더 소중한 사람은 없다.

시인

죽었지만 여전히
살아서 숨 쉬고 있는 사람이 있다
살았지만 죽은 사람만도
못한 사람이 있다
죽었으나 살았으나
별로 구별이 되지 않는 사람이 있다

첫 번째 사람이 시인이다.

늙은 아내

물보다 진한 것은 피이고
피보다 진한 것은 시간

세상에 와서 가장 많은 시간을
함께 산 사람

그는 이미 여자 이상의 여자이고
가족 너머의 가족이다.

엄마나무

나에게도 엄마가
있었으면 좋겠어요
엄마, 엄마, 부르면 으응, 왜?
대답하고 바라보아주는 젊은 여자 말이에요

엄마, 엄마, 엄마,
그냥 불러보고 싶어요
응, 응, 응, 그래, 그래,
그냥 대답 소리를 듣고 싶어요

안길 수도 있고 기댈 수도 있는
나무가 있었으면 좋겠어요
그냥 쓰러지고만 싶은 나무
말랑말랑한 나무
엄마라는 나무 말이에요.

간절한 마음

여섯이나 되는 아이들
낳으러 방으로 들어갈 때마다
섬돌 위에 벗어놓은 신발
다시 신을 수 있을까
생각했다는 어머니

죽을병 걸려 급히
병원으로 가면서
아파트 문을 나설 때
이 집에 다시 올 수 있을까
의심했던 나

그렇다면, 그렇다면 말이다
날마다 하루하루가 그대로 축제 날이고
순간순간은 더할 수 없이 귀한
금싸라기 시간들인 것이다
그대로 진리, 삶의 진실일 따름인 것이다.

도망

손을 들여다보면 볼수록
점점 내 손은 사라지고
아버지의 손이 거기 와 있다
어머니의 손도 와 있다

거울을 보면 볼수록
나날이 내 얼굴은 떠나가고
아버지의 얼굴이 나를 바라보고 있다
어머니의 얼굴도 나를 바라보고 있다

어려서 가끔은
도망치고 싶었던 얼굴들!
이제 더 이상 도망갈 수 없음을
안다.

꽃씨

나의 시는 세상에 뿌리는
나의 꽃씨

뿌리고 뿌려도
바닥나지 않는 꽃씨

누가 꽃씨를 내 손아귀에
쥐어주는 것일까?

그것도 모르면서 나는
꽃씨를 뿌리는 아이

다만 죽는 날까지 그 꽃씨
바닥나지 않기를 바랄 뿐이다.

이기주의자

손녀 아이가 떠난 집은
텅 빈 집과 같습니다
또래 시인의 엽서 문구가
가슴을 친다

왜 그 시인의 집은
잠시나마 손녀 아이한테
점령당하는 집이 되었던 것일까?

나는 우리 집을
다른 사람으로는 채우지 않는다
나로 채우고 남는 부분이 있다면
아내로 채운다

우리 집은 다른 사람들이 찾아오면
오히려 불편한 집
과연 나는 이기주의자인가?

걱정거리

할머니가 지어낸
거짓말인 줄 까맣게 몰랐다
생쌀을 먹으면
어머니가 죽는다는 말

군입거리 없어
아이들 생쌀 훔쳐내어 먹을 때
정말로 어머니가 돌아가시면
어쩌나 걱정을 할 때

사실은 걱정거리 없고
좋기만 하던 그 시절.

제민천

모처럼 소낙비 와 제민천
콸콸콸 소리 내며 흐르는 소리
듣기 좋아라
아이들도 나와서 맨발을 벗고
물장구치네

길가에 울긋불긋 피어 있는
채송화 봉숭아꽃들 기웃거리고
엄마도 아빠도 아이들 따라
개울물에 발을 담그고
좋아라 사진을 찍네

여기저기 들리는
아이들 웃음소리
무엇보다 제일로
듣기 좋아라.

시인을 위하여

누가 그를 시인이라 부르나?

사람들이 시인이라 부를 때보다
나무들이 꽃들이 그를
시인이라 부를 때 더욱
그는 시인이고

더 멀리 오래는 바람이 흰 구름이
저 혼자 흘러가다가 빙긋이 웃으면서
당신이 바로 시인이군요
그렇게 불러줄 때 정말로
그는 시인이 되는 것이다.

왜 그랬는지

모르는 아이
예쁘고 착하게 생겼구나
생각하며 바라볼 때
그 아이 꾸벅 인사를 했다

밤하늘의 별 하나
춥고도 외롭게 떠 있구나
생각하며 우러를 때
그 별 하나 눈물을 머금었다

왜 그랬는지 모른다
그건 오늘 아침 새로 피어난
봉숭아나 분꽃 채송화를
보았을 때도 그랬다.

인생

애야, 너는 머리가
좋은 아이가 아냐

노력을 하니까
그만큼이나 하는 거야

어려서 외할머니
그 말씀이 나의 길이 되었다.

작은 지구

어느새 분꽃이
새까만 씨앗들을 익혀
지구에게로 돌려보낸다

올해도 이렇게 자그맣고 새까만
당신의 자식들을 길러서
당신에게 돌려드립니다

그래, 그래,
올해도 수고가 많았구나!
커다란 손을 벌려 지구가
작은 지구들을 받아주신다.

가을 아내

내려다보니 문득
손등이 많이 늙었다

아침햇살이 내려와
실핏줄을 파랗게 비춘다

모처럼 손을 쥐어본다
아직은 따스하고 부드럽다.

바다

좁은 골짜기가 오히려 넓고
얕은 수심이 오히려 깊고도 부드럽다
푸르른 조망, 그 위로
세상의 온갖 소문이 모여들지만
오히려 오염되지 않는 순수가 있다
날마다 낡은 해를 데려가고
새롭고도 어린 해를 낳아주시는
모성
달도 또한 그렇게 한다.

햇빛 밝아

나 쉽게 못 죽겠어
이렇게 좋은 사람들 두고

나 일찍 못 뜨겠어
이렇게 좋은 풍경을 두고

또다시 창밖에 바람이 부는지
새하얀 망초꽃 더욱 새하얗고

버드나무 실가지 긴 치맛자락
바람한테 춤을 청한다.

생각 속에

그쪽의 생각이
이쪽에 와 있고
이쪽의 생각이
그쪽에 가 있다면
그것은 이미 사랑입니다

나이를 넘어
거리를 넘어
사는 처지를 떠나.

목백합나무

하늘로, 하늘로 활활
타오르는 초록의 불길
흰 구름의 속살을 만지고 싶어
별들의 속삭임을 엿듣고 싶어
발돋움한 아이

스위스에 가보고 싶었다
가보지 못했다
이탈리아에 가보고 싶었다
가보지 못했다
스페인에도 가보고 싶었다
겨우 가보았다

가보고 싶었지만
끝내 가보지 못한 마음들이
다시 여름을 만나 키를 높이고 있다
열여섯 어린 날의 꿈.

거룩함에 기대어

친구여, 우리는 결코
거룩한 존재가 되지 못하니
너무 거룩한 척하지 말아다오

예쁜 여자여, 그대같이
예쁜 여자까지
거룩한 척하는 건
참을 수 없는 낭비다

그냥 그대로 예쁘기만 해라
웃고 싶으면 웃고
울고 싶으면 울고
마음이 불편하면
찡그린 얼굴이라고도 좋겠다

어차피 나는 너를 사랑할 테니까.

봉숭아 옆에

소낙비 맞아 통통
다리가 굵어진 봉숭아
여름방학을 맞아
대처에서 내려온 여고생

통통 굵은
새하얀 다리가 닮았다
붉은 입술
붉은 꽃잎이 닮았다

그렇게 오늘은 니들이
하늘 아래 제일로 예쁘다.

선물

비밀이 하나씩 늘어간다
너의 귓불에 대한 비밀
너의 손가락과
목에 대한 비밀
너의 팔목에 대한 비밀

결국은 조금씩 신뢰가
자라고 있다는 말이다
내 마음이 네 입술에 가서
살고 있을 것이라고 믿는
이 어리석음

끝내 그것을 감당하지 못한다.

선물가게

너는 나의 강아지
너를 위하여
강아지 목걸이를 사고

너는 나의 장미꽃
다시 너를 위하여
장미꽃 귀걸이를 산다

그렇다면 나는 너에게
무엇이냐?

슬이의 애기

늙은 지구를 새롭게 만드는 재주를 가지고 있는 건
새싹들뿐이다
봄 되어 언 땅을 비집고 나오는 새싹들을 보라
새싹 하나하나가 이고 있는 눈부신 지구를 보라
그 지구 위에서 일 년치의 새잎이 나오고
줄기가 생기고 꽃이 피어 씨앗도 맺힌다

늙은 사람을 새롭게 바꾸는 비밀을 알고 있는 건
새 애기들뿐이다
엊그제는 슬이가 애기를 낳아서 안고 왔었다
슬이의 항아리 뱃속에서 열 달 동안 살았다 나온 녀석
새 사람 그 어떤 사람보다 깨끗하고 어여쁜 사람
그 사람에게 빛나는 지구, 아름다운 내일의 신뢰가 있다

애기는 슬이의 품에 안겨서
쌔근쌔근 잠을 자고 있었다.

꽃의 사람

저 사람이 내 사람이라고 생각하지 말고
내가 저 사람의 것이라고 바꾸어 한번 생각해보자
그래서 저 사람이 내 마음속에 들어와 사는 게 아니라
내가 저 사람 마음속에 들어가 살아야 한다고 생각해보자
대번에 세상이 달라질 것이고
대번에 생각과 행동이 바뀔 것이다
저 사람이 내 마음에 들도록 살기를 소망하기보다는
내가 저 사람 마음에 들도록 살게 될 것이다
억울한 일이 있어도 덜 억울한 마음이 들 것이고
서럽거나 외로운 마음이 있어도 덜 서럽고 외로울 것이다
그야말로 신세계의 열림이다
내가 꽃의 주인이 아니라 반대로 꽃이 나의 주인이라고
바꾸어 생각해보자
나는 분꽃의 사람이고 봉숭아꽃의 아우이고 채송화꽃
의 이웃이라
생각해보자
얼마나 신나는 일인가?
얼마나 아름다운 세상인가?
정말로 세상은 유리알처럼 말긋말긋 깨끗해질 것이고
마음 또한 그러할 것이다
그야말로 다시 한 번 신세계의 열림 그것이다.

멀리 그대의 안부를 묻는다

행복은 하늘 위에 두둥실 무지개라고 생각했다
산 너머, 산 너머에 있는 거라고 생각해
긴 목을 더 길게 늘이곤 했다
지금 여기에 있는 것이 아니고
어제 거기, 내일 저기에 있다고 생각해
그리워했고 애달파했고 늘 아쉬워했다
번번이 목이 마르곤 했다

그러나 지금은 아니다
비록 여기에 그대 나와 함께 있지 않을지라도
거기에 그대 잘 있다는 것만으로도
나는 안심이고 평안하고 행복하다
비록 지구 반대편에 그대 있을지라도
함께 지구를 숨 쉬고 지구를 느끼며
하루하루 살아감이 얼마나 고마운 일인가!

그러하다 하루하루다
하루하루의 평안과 안녕과 무사함이 행복이다
그대 거기 잘 있나요?
나 여기 여전히 숨 잘 쉬고 있어요
멀리, 그대의 안부를 묻는다

우리에게 더 이상 가까워질 수 없는
목숨의 거리가 있을지라도
거기 그대 잘 있나요? 나 여기 잘 있어요
스스로 묻고 대답하며 나는 오늘도
그대로 하여 충분히 행복하고 기쁘다.

그 위에 무엇을 더 꿈꾼단 말인가!

소년에게

너무 일찍 찾아오는 봄은
인생을 시들게 만든다
꽃샘추위 속에서 피어난
꽃들을 보지 않았니?
눈 속에 피어난 설중매
산골에 진달래, 더러는 복숭아꽃

아이들아 너무 일찍
꽃 피우고 싶어 조바심하지 말아라
젊은 영웅은 정말로의 영웅이 아니란다
진정한 영웅은 늙은 영웅
명예도 늙은 명예가 더욱 단단하고
결이 곱고 반짝이는 법이란다

인생, 끝까지 가볼 일이다
그 길 끝에서 네 자신이 꿈꾸는
또 하나의 네가 웃으며
너를 맞아주기를 바란다.

독서

독서는 건강한 수면제
하루 일과를 끝내고
목욕을 하고 기도까지 마치고
한 시간이나 삼십 분
책을 읽는다

쪼그리고 앉아서
엎드려서, 바로 누워서
책을 읽다가 책을 손에 쥐거나
얼굴에 얹고 잠을 자는 버릇은
어려서 외할머니네 집에
얹혀서 살 때부터의 버릇

천천히 잠이 책이 되고
책이 내가 된다
드디어 나는 책 속으로 들어가
책 속의 길을 걷는다
우거진 나무 수풀이다
수풀을 따라 길이 나 있다
길 위에 별들도 떴다.

어머니 말씀의 본을 받아

어려서 어머니 곧잘 말씀하셨다
애야, 작은 일이 큰일이다
작은 일을 잘하지 못하면 큰일도 잘하지 못한단다
작은 일을 잘하도록 하려무나

어려서 어머니 또 말씀하셨다
애야, 네 둘레에 있는 것들을 아끼고 사랑해라
작은 것들 버려진 것들 오래된 것들을
부디 함부로 여기지 말아라

어려서 그 말씀의 뜻을 알지 못했다
자라면서도 끝내 그 말씀을 기억하지 않았다
보다 넓은 세상으로 나아가 얼른
더 많은 사람들과 어울려 살고 싶었다

그러나 나는 하루 한 날도
평화로운 날이 없었고 행복한 날이 없었다
날마다 날마다가 다툼의 날이었고
날마다 날마다가 고통과 슬픔의 연속이었다

이제 겨우 나이 들어 알게 되었다

어머니 말씀 속에 행복이 있고
더할 수 없이 고요한 평안이 있었는데
너무나 오랫동안 그것을 잊고 살았다는 것을

그리하여 나 젊은 사람들에게 말하곤 한다
작은 일이 큰일이니 작은 일을 함부로 하지 말아라
네 주변에 있는 것들이며 사람들을 소중히 여겨라
어머니 말씀의 본을 받아 타일러 말하곤 한다

지금껏 우리는 인생을 어떻게 살아야 할 것인가보다는
무엇을 위해 살아야 하는가에 목을 매고 살았다
기를 쓰고 무엇인가를 이루려고만 애썼다
명사형 대명사형으로만 살려고 했다

보다 많이 형용사와 동사형으로 살았어야 했다
남의 것을 부러워하기보다는 내 것을 더 많이
사랑하고 아끼고 소중히 여기며 살았어야 했다
내가 얼마나 귀한 사람인가를 처음부터 알았어야 했다

당신의 행복은 어디에 있는가?
애당초 그것은 당신 안에 있었고

당신의 집에 있었고 당신의 가족, 당신의 직장 속에 있었다

이제부터 당신은 그것을 찾기만 하면 되는 일이다.

나태주 시집   처음보다 나중이 좋았더라

1판 1쇄 펴낸날 2016년 4월 5일
개정판 1쇄 펴낸날 2021년 3월 12일
지은이 나태주
펴낸이 이재무
책임편집 박은정
편집디자인 민성돈, 장덕진
펴낸곳 (주)천년의시작
등록번호 제301-2012-033호
등록일자 2006년 1월 10일
주소 (03132) 서울시 종로구 삼일대로32길 36 운현신화타워 502호
전화 02-723-8668
팩스 02-723-8630
홈페이지 www.poempoem.com
이메일 poemsijak@hanmail.net

나태주ⓒ, 2016, printed in Seoul, Korea

ISBN 978-89-6021-544-3 03810

값 12,000원

*이 책 내용의 전부 또는 일부를 재사용하려면 반드시 저작권자와
 (주)천년의시작 양측의 동의를 받아야 합니다.
*잘못된 책은 바꾸어 드립니다.
*지은이와 협의에 의해 인지는 생략합니다.